LETTRE

A M. FIÉVÉE.

DE L'IMPRIMERIE D'É.-P.-J. CATINEAU,
A POITIERS.

LETTRE
A MONSIEUR FIÉVÉE,

PAR UN ÉLÈVE EN DROIT,

QUI CROIT QU'IL Y A ENCORE DES RÉPUTATIONS.

A PARIS,

CHEZ LES MARCHANDS DE NOUVEAUTÉS.

1817.

LETTRE
A MONSIEUR FIÉVÉE.

MONSIEUR,

J'AI lu la Lettre que vous avez fait insérer dans le Journal des Débats du 27 septembre. Je ne viens point, nouveau détracteur ou nouvel apologiste, retrancher ou ajouter à la gloire de M. le comte de Suzannet : trop jeune pour juger par moi-même les grands hommes de nos jours, je l'avouerai, je suis encore sous le charme de leur gloire, et il n'y a pas bien long-temps que j'ai appris que nos braves guerriers, pour être grands aux yeux de certaines gens, (1) devaient expier les prodiges de la valeur française. Les mots qui terminent votre Lettre, Monsieur, m'ont étonné peut-être davantage, et ils feront seuls le sujet de celle-ci.

« Je n'ai pas besoin, dites-vous, pour
» remettre chaque chose à sa place, de me
» rappeler que Suzannet était le meilleur
» de mes amis, et que je dois quelque chose
» à sa famille, qui prend tout ceci au
» sérieux, comme s'il y avait encore des
» réputations ! »

Je ne vous fais point un crime, Monsieur, en parlant d'un ami de ne point ajouter ses titres à son nom ; l'égalité est la base fondamentale de la véritable amitié, et le baron Fiévée, ex-maître des requêtes, ex-préfet, etc. etc., peut bien dire, en parlant d'un général et d'un comte, mon ami Suzannet : mais je vous demanderai, Monsieur, le véritable sens de ces mots : « Comme s'il y

---

(1) M. de Beauchamp dit, dans sa lettre à M. le comte Ferrand, que si M. de Suzannet a pu errer dans sa conduite politique, animé *ensuite par l'honneur français*, il s'est fait tuer pour son Roi, et *pour expier ses erreurs.*

avait encore des réputations ! » Donc il n'y en a plus, la conséquence me paraît nécessaire. Il n'y a plus de réputations !... Il me semble vous voir, nouvel Erostrate, incendier d'une main intrépide le temple de la Gloire ; mais, si votre but n'est pas le même, vous savez pourtant que la postérité voit et verra toujours ce Grec fameux, la torche à la main, debout au milieu des cendres du temple d'Ephèse, perpétuant d'âge en âge sa coupable célébrité.

Cette fin *ex abrupto* ne ressemble-t-elle pas à la boutade d'un philosophe en humeur, plutôt qu'à l'expression calme et sincère de la vérité ?

Elève en droit d'une des facultés de province, j'ai déjà acquis, sans le savoir, et sur-tout sans le vouloir, un peu de réputation : je serais bien aise de savoir à quoi m'en tenir sur le mot, et sur-tout sur la chose. Permettez-moi donc, Monsieur, de vous soumettre quelques réflexions que les derniers mots de votre Lettre m'ont inspirées sur ce sujet, trop heureux si elles me méritent quelque réputation auprès de vous !....

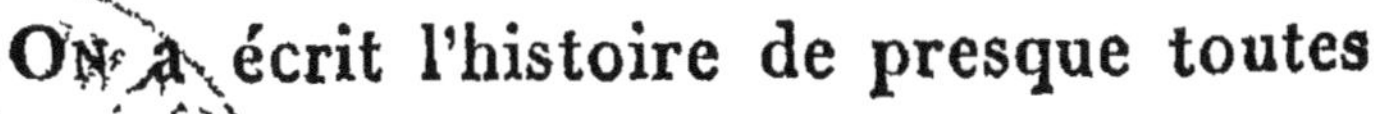

On a écrit l'histoire de presque toutes

les révolutions qui ont agité le globe; des historiens, des publicistes plus ou moins distingués en ont signalé les causes originelles, les vices, les avantages, toutes les conséquences enfin qui découlent d'une source abondante, et qui n'est pas toujours pure. Jusqu'ici aucun écrivain ne s'est occupé spécialement, *ex professo*, (2) des révolutions des mots, et ceux-ci n'ont point encore trouvé de Tacite, de Tite-Live ni de Vertot. Cependant il y a entre les hommes, les choses et les mots, une analogie que personne n'ignore; et ce qui se passe dans la révolution des empires, se retrouve dans la révolution des mots, les effets suivent les causes: ainsi l'on rencontre dans les mots mêmes erreurs que dans les hom-

---

(2) Un ouvrage vraiment curieux, et qui manque, je crois, à la littérature de nos jours, serait celui qui présenterait la signification *primitive* comparée avec la signification *actuelle* d'une foule de mots qu'on a tant tourmentés depuis 25 ans pour leur arracher un sens tout différent du premier. Ainsi il faudrait définir d'une manière précise les mots *Gloire*, *Réputation*, *Patrie*, *Patriotisme*, *Honneur*, *Courage*, etc., etc.; les adjectifs *Pur*, *Légitime*, *Noble*, etc.; le substantif *Canaille*, etc., etc., etc., etc.

mes et dans les choses, mêmes absurdités, mêmes changemens enfin nécessités par les mêmes causes, l'expérience et le besoin. Il y a parmi les mots de vieux voltigeurs, comme nous avons vu parmi les hommes, et les uns et les autres éprouvent le même sort; il y a des mots nouveaux, brillans de jeunesse et de vigueur; il y en a d'étrangers, à qui de nobles sentimens et d'éminens services ont mérité le droit de bourgeoisie: on pourrait dire peut-être que les mots ont aussi leurs septembriseurs, et il en est tels qu'on pourrait appeler les Danton, les Robespierre du langage.

Je ne prétends point traiter ici une matière aussi délicate, qui exigerait tout le talent d'une plume exercée, et l'étude approfondie des révolutions dans leurs causes et dans leurs effets; mais après l'orage on profite du calme pour réparer ses ravages destructeurs : dans le moment où la légitimité vient réparer les désastres affreux des orages politiques de notre révolution, en consacrant comme bases fondamentales les principes vrais qu'elle a enfantés, et corrigeant les abus qu'elle a fait naître, l'expérience épurée par le goût, ce roi légitime du langage, ne doit-elle pas saisir l'occasion de fixer aujourd'hui le véritable sens des mots, d'assurer à ceux-ci les richesses qu'ils ont conquises, à ceux-là la place qu'ils ont pour ainsi dire créée, en réléguant aux invalides d'honorables et vieux serviteurs, dont les antiques souvenirs ne servent qu'à mettre tous les jours le passé aux prises avec le présent? La carrière, je crois, est belle à parcourir, et promet une ample moisson et d'éclatans succès: comme Moïse, je montre la terre promise, et comme lui sans doute je n'y poserai jamais les pieds.

Il y a quatre mots dans la langue française qui, sans exprimer tout-à-fait les mêmes idées, me semblent se rapporter à un même principe: ces mots sont *estime*, *réputation*, *célébrité* et *gloire*.

L'estime est le degré de considération que chacun a dans la vie commune, en vertu duquel il peut être comparé, égalé, préféré, etc. (3) à d'autres. Elle diffère de la considération, en ce que cette der-

(3) Encyclopédie. L'article est du chevalier de Jaucourt.

nière semble avoir plus de rapport aux avantages extérieurs, l'estime aux avantages propres de l'homme qui en est l'objet. (4) On a de la considération pour un homme qui occupe une place importante, mais fort souvent on ne l'estime pas. L'estime est de tous les sentimens le plus flatteur à inspirer, c'est le lien qui unit le plus étroitement

---

(4) « C'est merveille, dit si bien Montaigne dans son aimable langage, que, sauf nous, aucune chose ne s'apprécie que par ses propres qualités ! .... Pourquoi estimez-vous un homme tout enveloppé et empaqueté ? Il ne vous fait montre que de parties qui ne sont aucunement siennes, et nous cache celles par lesquelles on peut réellement juger de son estimation. C'est le prix de l'épée que vous cherchez, non de la gaîne; vous n'en donneriez à l'aventure pas un quartrain, si vous ne l'aviez dépouillée. Il faut juger l'homme par lui-même, et non par ses atours; et, comme le remarque très-plaisamment un ancien, savez-vous pourquoi vous l'estimez grand ? Vous y comptez la hauteur de ses patins : la base n'est pas de la statue, mesurez-le sans échasses. ..... Est-il riche du sien ou de l'autrui ? La fortune n'y a-t-elle que voir ? Si les yeux ouverts, elle attend les épées traites, s'il ne lui chaut par où lui sorte la vie, par la bouche, ou par le gosier ? Si elle est rassise, équable et contente, c'est ce qu'il faut voir. » (Liv. 1, ch. xlij).

les hommes dans l'ordre social : l'amour, cette émanation de la divinité, trouve dans l'estime réciproque son complément et son charme le plus doux.

L'estime est un sentiment personnel et tranquille ; on obtient l'estime de ceux qui vous approchent, la réputation de ceux qui ne vous connaissent pas : ainsi on accorde de l'estime sur-tout aux vertus tranquilles et domestiques. Aussi dans les révolutions, s'il est facile de citer des hommes en grande réputation, resplendissans de gloire, ou fameux de célébrité, il est bien rare de trouver des hommes estimables. Cette épithète même a je ne sais quoi de bourgeois qui doit faire sourire de pitié certains grands hommes de nos jours : dans un salon elle passe quelquefois pour de l'impertinence. L'estime s'unit souvent à l'honneur : le désir de l'estime est alors la puissance créatrice des talens ; c'est un principe fécond en vertus morales et civiles ; il donne une force, une constance à l'épreuve des périls : invincible aux passions, capable de balancer l'empire des besoins primitifs, et souvent supérieur à l'amour de la vie, il précipita Décius dans un gouffre pour sauver sa patrie ; il inspire au sauvage les chansons qu'il entonne en expirant dans les plus cruels tourmens. Les anciens législateurs avaient bien connu toute la puissance de ce mobile généreux, et, calculant jusqu'à quel degré de honte et de lâcheté pouvait amener le mépris de l'estime publique, ils substituaient le mépris public lui-même aux supplices. (5) Avant Charondas, on punissait de mort à Sparte ceux qui quittaient leur rang à l'armée, ou qui refusaient de prendre les armes pour le service de la patrie ; Charondas les condamnait à être exposés trois jours de suite dans la place publique en habits de femme. On ne vit plus aucun déserteur, et tous les citoyens volèrent au secours de la patrie. Lorsque le général Hoche alla prendre le commandement de l'armée du Rhin et de

---

(5) Une des lois de Charondas ordonnait que tous ceux qui seraient convaincus de calomnie, seraient conduits par les rues, portant sur la tête une couronne de romarin ; plusieurs de ceux qui furent condamnés à cette espèce de triomphe, se donnèrent la mort pour prévenir l'ignominie. Qu'une loi semblable serait à désirer de nos jours, sur-tout si elle pouvait avoir les mêmes résultats !!......

la Moselle, le soldat, fatigué de la campagne, espérait entrer en quartier d'hiver. Le général ordonne de construire des baraques, la troupe s'y refuse : Hoche fait mettre à l'ordre « que le régiment qui » avait exprimé le premier son mécontente- » ment, n'aurait pas *l'honneur* de marcher » au premier combat. » Les soldats, sensibles à une punition qu'ils regardaient comme infamante, viennent les larmes aux yeux supplier leur général de révoquer son ordre, et de leur accorder comme une grâce de marcher à l'avant-garde. Hoche y consent; et bientôt ces braves justifient l'indulgence de leur général par des prodiges de valeur. (6)

Réputation, opinion que les hommes ont des choses ou des personnes. Chacun a sa réputation, depuis le savetier du coin réputé pour le mieux raccommoder les savates, jusqu'au publiciste réputé pour le mieux raccommoder les constitutions. Les choses

---

(6) Victoires, conquêtes, etc., des Français, volume 2, page 175.

La révolution française offre mille exemples des prodiges de valeur et d'héroïsme qu'enfanta cet amour de l'estime publique.

ont aussi leur réputation : les truffes de Périgueux sont réputées, le beurre de Bretagne est réputé, les vins de Bourgogne et de Champagne sont réputés, etc., etc. Il y a donc dans les hommes et dans les choses des élémens de réputation, que les circonstances ou de grandes combinaisons développent et mettent au grand jour. Il y a de bonnes et de mauvaises réputations; cependant, comme le bon doit plutôt être réputé que le mauvais, le mot réputation se prend toujours en bonne part, quand il est mis absolument, et qu'il n'y a point d'épithète qui le détermine à un sens contraire. Ainsi l'on dit: Le maréchal Ney était un général en réputation, le Musée de Paris était en réputation, une femme n'a rien de plus cher que sa réputation, (7) etc., etc. On dit d'un homme connu par la dépravation de ses mœurs, et dont la bouche lance à chaque instant les mots sacrés vertu, morale, reli-

---

(7) Une bizarrerie singulière des idées les plus généralement reçues, c'est que la perte de la réputation d'une femme en donne beaucoup à un homme. De quelle gloire ne jouissent pas dans les salons et dans les boudoirs ces fameux sacrificateurs de réputations féminines!...

gion : C'est un tartufe, il jouit d'une mauvaise réputation; et le verbe *jouir* est pris ici sans doute dans le même sens qu'on dit d'un malade : Il *jouit* d'une mauvaise santé.

Le soin de se faire une réputation (8) est le premier qui occupe l'homme qui place au premier rang l'estime publique : on voit que je veux parler d'une bonne réputation. Il y a des gens qui veulent en avoir une à quelque prix que ce soit. (9) Les uns, comme Le Mierre, font eux-mêmes leurs affaires ; c'est plus commode et plus sûr. M. un tel assure à ses amis qu'il est un grand homme ; ils le croient de bonne foi, et le redisent à tout venant. Il me semble entendre les roseaux dépositaires du secret du malheureux

---

(8) Tous les temps ne sont pas bons à toutes les réputations. Le père Bouhours dit que *sous certains règnes les vertus éminentes sont sujettes à des jugemens sinistres, et une grande réputation n'est pas moins périlleuse qu'une mauvaise.*

(9) Jamais on n'a montré en France un désir plus grand de faire parler de soi, que depuis 25 ans. Ce désir a été porté quelquefois jusqu'à la folie et même jusqu'à la rage. Que de gens ont renouvelé pour leur propre compte ce trait d'Alcibiade, qui coupa la queue et les oreilles d'un beau chien qu'il avait, et le lança ainsi mutilé dans Athènes !.....

barbier, répéter, lorsque le vent les agite : Le roi Midas a des oreilles d'âne. Il y avait jadis des réputations à l'eau de rose: gentil Bernard, le marquis de Pezay, Bernis, Dorat, etc., etc., furent modèles dans ce genre. Il y a de nos jours des réputations à la fourchette, et plus d'un académicien doit l'honneur du fauteuil à ce noble instrument du plaisir, de la gloire, et quelquefois de la peine. Il y a des réputations de pays, et celles-là ont un caractère de bonhommie tout particulier; on dirait qu'elles ont reçu l'ordre de ne point franchir telles barrières, et jamais consigne ne fut mieux observée. Il y a des réputations de quartier: (10) la Chaussée d'Antin a ses poëtes, ses héros, ses publicistes réputés; le Marais a les siens, le faubourg Saint-Marceau et la Cité ont aussi les leurs. Il y a des réputations de maison.

---

(10) A Paris on vend des livres qui servent de guides aux étrangers qui visitent cette capitale ; ces livres indiquent les principaux établissemens, les spectacles, les ministères, les restaurateurs, etc., etc. Pourquoi a-t-on oublié de faire connaître les goûts, les mœurs et sur-tout les opinions en réputation dans chaque quartier? Il eût fallu sans doute renouveler trop souvent les éditions.

L'aigle d'une maison est un sot dans une autre. Il y a enfin des réputations de toutes les couleurs, et depuis 25 ans nous en avons vu de vertes, de jaunes, de rouges, de tricolores et de blanches.

La réputation s'use et a besoin d'être renouvelée : c'est une lampe qui s'éteint faute d'huile.

Tous les poëtes, les anciens et les modernes, ont lutté de talent et d'esprit pour peindre la rènommée. On n'a qu'à lire le portrait qu'en ont fait Virgile, livre 4, Enéide; Ovide, livre 12, Métamorphoses, et la belle traduction de Dryden; Voltaire, Henriade, chant 8.e; Rousseau, Ode au prince Eugène, etc., etc., etc., etc.....

Les peintres représentent ordinairement la renommée sous la figure d'une femme ailée, ayant une trompette à la bouche. Un auteur, dont l'esprit fait aujourd'hui le désespoir de bien des gens, lui en a donné une seconde, qu'il a placée dans un endroit tout-à-fait opposé au premier. Beaucoup prétendent que cette trompette n'est pas la moins occupée.

Célèbre, (11) illustre, fameux, renommé,

---

(11) Encyclopédie.

synonymes. *Fameux* désigne l'étendue de la réputation, bonne ou mauvaise : on dit un fameux ministre, on dit un fameux voleur. *Illustre* marque une réputation fondée sur un mérite accompagné de dignité et d'éclat : on dit les hommes illustres de France, et l'on comprend sous cette dénomination, et les grands capitaines, et les magistrats distingués, et les auteurs qui joignent des dignités au mérite littéraire. *Célèbre* offre l'idée d'une réputation acquise par des talens littéraires, réels ou supposés, honorables ou méprisables, et n'emporte point celle de dignité : Homère est le plus célèbre des poëtes anciens, Zoïle le plus célèbre des détracteurs. *Renommé* ne se prend qu'en bonne part, et n'est relatif qu'à l'étendue de la réputation. Fameux, célèbre, renommé se disent des personnes et des choses ; illustre ne se dit que des personnes. Erostrate et Alexandre se sont rendus fameux, l'un par l'incendie du temple d'Ephèse, l'autre par le ravage de l'Asie ; les premières campagnes d'Italie, d'Autriche et de Prusse ont à jamais illustré les armées françaises ; l'art de l'escrime est aussi renommé en France que l'art de boxer en Angleterre, etc.

Gloire, éclat de la renommée. L'estime est un sentiment tranquille et personnel; l'admiration, un mouvement rapide, et quelquefois momentané; la célébrité, une renommée étendue; la gloire est une renommée éclatante, le concert unanime et soutenu de l'admiration. L'estime a pour base l'utile (12), l'honnête, l'admiration, le rare et le grand dans le bien moral ou physique; la célébrité, l'extraordinaire, l'étonnant pour la multitude; la gloire a pour base le merveilleux. Un homme peut être estimé, jouir d'une bonne réputation, et cependant n'avoir point de gloire; et, *vice versâ*, un homme peut avoir beaucoup de gloire et cependant n'être point estimé, et n'avoir qu'une mau-

---

(12) Dites-nous, grand héros, esprit rare et sublime,
Parmi les animaux qui sont ceux qu'on *estime?*
On fait cas d'un coursier qui, fier et plein de cœur,
Fait paraître en courant sa bouillante vigueur,
Qui jamais ne se lasse, et qui dans la carrière
S'est couvert mille fois d'une noble poussière;
Mais la postérité d'Alfane et de Bayard,
Quand ce n'est qu'une rosse, est vendue au hasard,
Sans respect des aïeux dont elle est descendue,
Et va porter la malle, ou tirer la charrue.
Pourquoi donc voulez-vous que, par un sot abus,
On respecte dans vous un honneur qui n'est plus?...
(BOILEAU, satire 5.)

vaise réputation : c'est ce que nous voyons tous les jours. (13)

L'amour de la gloire est un sentiment inné chez tous les hommes ; le mot lui seul a je ne sais quel charme magique qui fait tressaillir le cœur. Chacun désire briller et se distinguer ; il n'y a de différence que dans les moyens qu'on emploie, le but qu'on se propose est toujours le même : mais tel qui cherche à se couvrir de gloire ne devient que fameux. Voltaire et Rousseau dans tous les siècles seront brillans de gloire ; leurs détracteurs deviendront d'autant plus fameux, qu'ils seront plus absurdes.

Les philosophes qui ont écrit contre la gloire, a dit Pascal, ne cherchaient peut-être que la gloire d'avoir bien écrit contre elle.

On a dit que les poëtes (14) et les écri-

---

(13) Que de grands hommes, que de grands écrivains, dont les hauts faits, dont les sublimes écrits sont des titres incontestables à la gloire, et dont un honnête homme ne voudrait pas pour voisins !....

(14) *Vixêre fortes ante Agamemnona*
Multi, sed omnes illacrymabiles
Urgentur, ignotique longâ
Nocte, carent quia vate sacro. HORACE.

vains étaient les ministres dispensateurs de la gloire : il faut avouer qu'un grand nombre a montré et montre encore un désintéressement qu'on pourrait proposer pour modèle aux ministres d'un autre genre.

Il y a de fausses et de véritables gloires ; comme il y a de bonnes et de mauvaises réputations; les philosophes et les moralistes ont fait sur cette distinction d'énormes volumes (*multorum camelorum onus*) : on dirait qu'ils les ont jetés sur la véritable route, et que les pélerins voyant le passage obstrué, ont trouvé plus commode de prendre pour la plupart à gauche.

La gloire a ses caprices ; un homme d'esprit a dit qu'elle ressemblait à ces femmes de bonne maison qui se prostituent quelquefois à des laquais.

Les hommes qui aiment la gloire l'ont cherchée où l'opinion l'avait mise : Alexandre avait sans cesse devant les yeux la fable d'Achille; Charles XII, l'histoire d'Alexandre.

Quelques-uns ont usé de leurs droits en maîtres. Voyez la manière dont Pline parle de la gloire à l'empereur Trajan dans son panégyrique.

Nulla est gloria asellos prœterire, a dit Martial, livre 2 : c'est prendre le chemin qui mène dans les plaines des Pictaves.

Chacun des mots dont j'ai parlé dans les paragraphes précédens pourrait à lui seul fournir la composition d'un bel et bon traité au moins in-4.° ; je n'ai fait qu'indiquer leur signification, que j'ai puisée dans l'Encyclopédie, et je reviens, Monsieur, aux derniers mots de votre Lettre : *Comme s'il y avait encore des réputations !* Si jamais il y a eu des réputations, et l'on ne peut, je crois, le contester, pourquoi n'y en aurait-il plus aujourd'hui ? La France est-elle donc revenue à cet état de simplicité primitive et naturelle, dont les poëtes philosophes nous ont donné de si belles descriptions ; à cet état heureux où le plus vieux de la tribu étant toujours le plus sage, gouvernait ou plutôt régissait en bon père des enfans toujours soumis ; où la nature, toujours exacte à satisfaire les besoins du jour, ne laissait aucune inquiétude sur ceux du lendemain ; où l'homme de la veille était encore le même deux jours après : état bien heureux sans doute, où il n'y avait point d'impôt, point de ministère, et par conséquent point de lois sur la liberté individuelle et sur celle de la presse, où l'on ne jouait point aux rubans, aux épaulettes, aux simarres, aux mitres; où il n'y avait point d'académies, et par conséquent point de prêtres pour recteurs. Les poëtes ont nommé ce temps l'âge d'or. Je conviens bien qu'alors il n'y avait point de réputations. Mais je crois qu'on n'a jamais connu de l'âge d'or que le nom; mais le nôtre n'a point encore tout-à-fait renouvelé ce bonheur pur et tranquille, dont les gens incrédules traitent le tableau de fabuleux et de chimérique; mais d'un autre côté la France n'offre-t-elle donc plus qu'un ramas impur d'hommes sans nom, sans mœurs, sans vertus? Astrée a-t-elle fui pour toujours notre terre? la valeur n'est-elle plus que férocité, et les talens que des sources d'infamie? Ah! s'il en était ainsi, oui, il faudrait s'écrier alors qu'il n'y a plus de réputations; car celui dont on parlerait le plus serait sans doute le plus connu par ses forfaits, et il vaut mieux rester inconnu pour toujours que d'être à jamais fameux par des crimes. Mais, si nous ne sommes point dans l'âge d'or, nous ne sommes point non plus dans ces temps désastreux qui en feraient un contraste si épouvantable. Il y a donc encore aujourd'hui des réputations, et il doit y en avoir par-tout où sont rassemblés des hommes mus par des intérêts différens, par des besoins divers et par des opinions opposées.

Sans doute, Monsieur, le grand nombre des mauvaises réputations aura irrité votre farouche austérité, et, ainsi que je le présume, ne comptant comme réputations que celles qui sont bonnes, dans un moment d'humeur vous avez dit qu'il n'y avait plus de réputations. Cette noble indignation fait honneur à la sévérité de vos principes; mais je crois qu'elle vous a emporté trop loin. Observateur habile, et quelquefois acteur vous-même dans le drame politique que l'on joue en France depuis 25 ans, vous avez le secret des coulisses, et vous riez des applaudissemens que nous autres tranquilles spectateurs nous prodiguons aux différens acteurs qui ont le mieux joué leur rôle. Mais chacun a payé sa place ; laissez-nous donc jouir du spectacle, et ne faites pas comme cet indiscret bateleur qui à la suite d'une première représentation eut la sottise d'étaler aux yeux du public les différentes machines de son théâtre, qui depuis resta désert.

Les 25 années qui viennent de s'écouler ont offert toutes les espèces de gloire, toutes les espèces de réputations : la valeur française se surpassait, et étonnait même des Français ; la victoire était naturalisée en France ; le génie brisait les entraves serviles dans lesquelles il se débattait depuis long-temps ; et marchant enfin dans sa force et dans sa liberté, il montrait aux hommes les mines nouvelles où la justice et la raison doivent puiser les nouveaux matériaux qui serviront à reconstruire l'édifice social ; les beaux-arts produisaient à l'envi des prodiges, dont les uns surpassaient les miracles de l'antiquité, les autres égalaient ses chefs-d'œuvres ; le vertueux Desèze défendait un Roi infortuné, qui le nommait son ami sous le fer même des bourreaux ; le berceau de la jeunesse actuelle fut environné d'une atmosphère de gloire, notre premier mot fut honneur, notre premier cri victoire, nos premiers essais des triomphes. Sans doute ce délire, cette ivresse produisit des erreurs, elle conduisit à des forfaits...... Mais elle enfanta des merveilles, et notre généreux Monarque, qui sur une terre étrangère resta toujours français, sentait battre (15) son noble cœur au récit des succès éclatans des armées françaises ; son premier soin, en remontant sur le trône de ses aïeux, fut de consacrer notre gloire qu'il dota des fruits de sa sage expérience : et ne voyons-nous pas aujourd'hui rangés autour du trône, dont ils sont les plus fermes soutiens, ces héros, ces grands hommes dont notre bouche enfantine bégayait les noms il y a 20 ans? .....

Sont-ils donc sans réputation ces intrépides guerriers dont les titres rappellent les plus éclatantes victoires, et qui ont tous payé de leur sang le nom qu'ils portent aujourd'hui? (16) Sont-ils sans réputation ces législateurs éloquens (17) qui, après avoir détruit le labyrinthe tortueux où l'on renferma jadis la Justice, lui ont élevé un tem-

---

(15) Discours du Roi.

(16) Les princes d'Essling, de la Moskowa ; les ducs de Dantzick, de Conégliano, d'Albuféra, de Trévise, de Castiglione, etc., etc.

(17) Cambacérès, Malleville, Malherbe, Portalis, Berlier, Bigot-Préameneu, Merlin (de Douai), etc., etc., etc.

ple majestueux d'où l'auguste déesse regarde du même œil tous les Français, et pèse dans la même balance leurs droits et leurs intérêts? Sont-ils sans réputation ces auteurs (18) dont la verve comique a enrichi notre scène de nouveaux chefs-d'œuvres ? cés écrivains (19) qui, brillans tous par des talens divers, et luttant d'énergie ou de grâce, de simplicité ou d'originalité, ont presque absous la langue française des nombreux reproches que la médiocrité ne cessait de lui adresser? ces poëtes (20) qui ont orné la profondeur des pensées du coloris brillant de la poésie, ou prêté à l'expression des plus doux sentimens le charme d'un vers toujours pur, élégant et facile? Sont-ils donc sans réputation ces compositeurs dont les heureux efforts ont pour ainsi dire nationalisé la musique,

---

(18) Collin d'Harleville, Ducis, Andrieux, Picard, Duval, Etienne, etc., etc., etc.

(19) Dupuy, de Bonald, Volney, Bernardin de Saint-Pierre, Jouy, La Cretelle ; mesdames Cottin, de Flahault, de Genlis ; Châteaubriand ; madame de Staël, etc., etc.

(20) Delille, Le Brun, Gilbert, La Harpe, Baour de Lormian, Parny, Bertin, Legouvé, Fontanes, Millevoye, etc., etc., etc.

(21) ces musiciens (22) dont les talens enchanteurs ont fait croire aux merveilles de la Fable, ces peintres (23) dont le pinceau savant et hardi a presque créé l'Ecole française, et dont les sublimes ouvrages figurent dans le temple de la gloire à côté des hauts faits qu'ils ont représentés? Sont-ils sans réputation ces savans (24) dont les immenses travaux ont agrandi et facilité le chemin des sciences, ces hommes à qui la nature semble avoir fait confidence de ses secrètes combinaisons, de ses bizarreries, de ses prodiges, et que nous avons vus, nouveaux Prométhées, s'élancer intrépidement jusqu'aux cieux pour essayer d'y ravir encore le feu créateur? Sont-ils donc sans réputation ces orateurs (25) qui ont renouvelé

---

(21) Méhul, Grétry, Le Sueur, Chérubini, Berton, Dalayrac, etc., etc.

(22) Rhode, Lafond, Dusseck, Nadermann, Frédéric Duvernoy, Tullou, etc., etc., etc.

(23) David, Gérard, Guérin, Giraudet, Gros, etc., etc., etc.

(24) Lavoisier, Mongolfier, Chaptal, Monge, Laplace, Lacépède, Cuvier, Vauquelin, Thenard, etc.

(25) Lanjuinais, Carnot, Boissy d'Anglas, Thibaudeau, Pontécoulant, Manuel, Defermont, Camille Jordan, de Villèle, Corbière, etc., etc., etc.

à la tribune française les beaux momens d'Athènes et de Rome, et ceux (26) que Démosthènes et Cicéron n'auraient point désavoués pour rivaux dans le temple sacré des lois? (27)

Ah! rassurons-nous, oui, il y a encore des réputations, et la gloire n'a point déserté le sol de la France qu'elle habite depuis si long-temps.

A quoi tendent donc ces continuelles déclamations, ou plutôt ces commodes diffamations contre les hommes et les choses d'un temps qui sans doute ne fut pas exempt d'erreurs ou de crimes, mais qui forme dans l'histoire de France, et dans celle des nations, une époque à jamais mémorable? Si nous devons vivre aujourd'hui de souvenirs, pourquoi proscrire ceux que le temps n'a point encore épurés, il est vrai, mais qui appartiennent tout entiers à la postérité qui commence? Qui oublie trop, ou trop vîte, n'est ni assez instruit, ni

---

(26) Desèze, Chauveau-Lagarde, Bonnet, Bellart, Dupin, etc., etc.

(27) Je cite au hasard les noms qui se présentent à ma mémoire: ils sont tous entourés d'un éclat plus ou moins brillant, je ne suis point juge de leur gloire.

assez corrigé. Cette maxime est de vous, Monsieur, elle devrait servir de règle à tous nos jugemens.

Il est une remarque singulière qu'on peut faire tous les jours, c'est que les hommes qui crient le plus, et sur-tout le plus fort, contre les révolutions et les nouvelles institutions qu'elles ont produites, sont précisément ceux qui sans les révolutions ne seraient rien peut-être, puisqu'ils leur doivent leur fortune et leur gloire. Ne pourrait-on pas les comparer à ces enfans gâtés dont une mère trop indulgente s'empressa de satisfaire les moindres désirs, et qui devenus grands paient le plus souvent tant de bontés par de l'ingratitude, quelquefois même par des outrages ?

Loin de nous la prétention absurde et ridicule de nous déclarer ici les apôtres ou les champions de notre révolution. Nous avons traversé cette mer orageuse, comme les enfans qu'on embarque pour faire un voyage de long cours : quelquefois la violence de la tempête déplace leur berceau, ils s'éveillent et pleurent, puis s'endorment de nouveau; et quand on touche au fortuné rivage, ils chantent avec l'équipage les louanges du pilote et des chefs. Je sais bien qu'il y a certaines gens qui croient nous marquer du sceau de la réprobation en nous appelant enfans de la révolution. Nous répondrons à ces messieurs que ce n'est sans doute la faute d'aucun de nous, si nous ne sommes pas nés 40 ans plutôt; et qu'après tout, en bonne logique et en saine raison, le jeune homme de 25 ans, qui ignore ou qui n'adopte point entièrement les mœurs et les institutions qui existaient il y a 50 ans pour abjurer les siennes, doit paraître plus excusable peut-être que l'homme de 50 ans qui semble avoir dormi pendant 25, et, nouvel Epidémide, étonné à son réveil de trouver tout changé, moins sage que le philosophe grec, se fâche contre les hommes nouveaux, contre les nouvelles institutions, et veut faire rétrograder son pays au premier jour de son sommeil!.....

Ainsi l'expérience, ce présent céleste que Dieu fit à l'homme pour le consoler de la perte des illusions du jeune âge et servir de flambeau à la jeunesse, ne paraît plus que l'instrument ridicule dont le pédagogue en colère arme sa main, et dont l'enfant esquive en se moquant les coups mal dirigés. Le jeune homme refuse d'écouter les leçons données par l'humeur et démenties par les faits ; il marche sans guide, et, s'il erre, on lui fait un crime de son erreur. Que dis-je? on cherche à étouffer dans son cœur ses nobles sentimens, auxquels il ne manque qu'un but pour devenir héroïques ; et les vieux eunuques du temple de la gloire s'efforcent d'écarter du sanctuaire sacré cette foule de jeunes amans qu'un désir impétueux enflamme, et qui sont capables des efforts les plus généreux pour mériter les faveurs de la déesse.

Ah! loin de comprimer ces nobles élans, pourquoi ne pas chercher à les diriger vers le véritable but que l'inexpérience peut placer au gré de ses caprices ou de ses passions? La gloire est un besoin pour un cœur français, et c'est décolorer la vie que de briser dans les mains du jeune homme ce magique talisman. Et que nous restera-t-il donc, si l'on détruit notre gloire qui peut seule prêter encore à nos revers une attitude noble et imposante? La paix et la légitimité, ces deux bienfaits du Ciel, viennent enfin cicatriser les blessures de la France ; pourquoi tant de mains imprudentes ou perfides s'efforcent-elles de les ouvrir encore? Laissons au passé ses erreurs et ses crimes; il n'y a de français que sa gloire, et, malgré les détracteurs, elle sera immortelle.

Pour nous, jeunes Français, qu'un noble zèle enflamme, rendons à la gloire le culte qui lui est dû; notre jeunesse, notre franchise sont les garans de la pureté de nos sentimens. En vain la malveillance ou la sottise nous désigneraient-ils comme des instrumens de parti; la gloire n'a point de livrée, et si l'on veut nous donner des bannières, nous y écrirons ces mots sacrés, HONNEUR et PATRIE : c'est la légende qu'on voit briller sur le cœur de notre auguste Monarque. Fesons tous nos efforts pour illustrer la carrière que nous avons choisie. La gloire est de tous les états; elle ceint du même laurier le législateur, le guerrier, le poëte et l'orateur. Les grands hommes de nos jours seront nos modèles et nos guides; l'amour de la patrie, (28) la source

(28) Il est impossible, je crois, de donner une plus belle définition de l'amour de la patrie, que celle qu'on trouve dans une des mercuriales qui précèdent le Choix de Plaidoyers qu'a publié M. le chevalier

pure de nos succès. Rendons illustre le siècle de Louis XVIII, c'est la manière la plus noble de lui prouver notre amour; et, comme l'a dit un des orateurs (29) les plus éloquens de nos jours, en parlant du siècle de Louis XIV, cherchons à former autour du Roi un auguste cortége de génies immortels, et que, appuyé sur tous ces grands hommes, *qu'il sut mettre et conserver à leur*

Béra, ancien procureur général à la cour de Poitiers, et jurisconsulte des plus distingués.

« Nous n'entendons pas ici par l'amour de la patrie, cet attachement pour les lieux qui nous ont vus naître, sentiment inné chez tous les hommes, et qu'ils partagent avec les animaux qui peuplent l'univers; mais nous voulons parler de ce sentiment qui nous attache, par tous les liens du goût et de la raison, à un gouvernement fondé sur les lois et sur la liberté civile mitigée par elles : né avec celle-ci, il en est le soutien, il croit avec l'instruction qui nous en fait connaître le prix, et ne s'éteint qu'avec la vie. C'est le feu sacré, brûlant perpétuellement dans le cœur d'un sujet fidelle; les mœurs en sont les vestales, et les vertus l'inextinguible aliment : passion vive et pure, elle absorbe toutes les autres passions, ou plutôt elle leur imprime un caractère de grandeur et d'héroïsme. » (4.e *Mercuriale.*)

(29) L'abbé Maury, fin de son discours de réception à l'académie française.

place, Louis XVIII se présente un jour aux regards de la postérité.

Poitiers, le 8 octobre 1817.

N. L. G.

www.ingramcontent.com/pod-product-compliance
Ingram Content Group UK Ltd.
Pitfield, Milton Keynes, MK11 3LW, UK
UKHW020504230726
13925UKWH00005B/2091